劉小屁

本名劉靜玟，小屁這個名字是學生時代與朋友一起組合而來的稱呼，因為有趣好笑又充滿美好的回憶，就將它當筆名一直沿用著。目前專職圖文創作家，接插畫案子、寫報紙專欄，作品散見於報章與出版社，並在各大百貨公司與工作室教手作和兒童美術。開過幾次個展，持續不斷的在創作上努力，兩大一小加一貓的日子過得幸福充實。

2010 年　第一本手作書《可愛無敵襪娃日記》
2014 年　ZINE《Juggling from A to Z》
2019 年　《小屁的動物成長派對》（共 6 本）
2020 年　《貝貝和好朋友》（共 4 本）

貝貝和好朋友——園遊會

文　　圖	劉小屁
攝　　影	Steph Pai
責任編輯	鄭筠潔
美術編輯	黃顯喬

發 行 人	劉振強
出 版 者	三民書局股份有限公司
地　　址	臺北市復興北路 386 號 (復北門市)
	臺北市重慶南路一段 61 號 (重南門市)
電　　話	(02)25006600
網　　址	三民網路書店 https://www.sanmin.com.tw

出版日期	初版一刷 2021 年 11 月
書籍編號	S319241
I S B N	978-957-14-7300-0

著作權所有，侵害必究
※ 本書如有缺頁、破損或裝訂錯誤，請寄回敝局更換。

貝貝和好朋友

園遊會

劉小屁／文圖

三民書局

一-年ㄋㄧㄢˊ一-度ㄉㄨˋ的ㄉㄜ˙園ㄩㄢˊ遊ㄧㄡˊ會ㄏㄨㄟˋ馬ㄇㄚˇ上ㄕㄤˋ就ㄐㄧㄡˋ要ㄧㄠˋ開ㄎㄞ始ㄕˇ了ㄌㄜ˙！

白熊老師拿出園遊券：
「每張園遊券有 50 點，
大家要好好使用喔！」

「哇！今年的園遊會好熱鬧呀！」
有好吃的點心鋪，冰冰涼涼的飲品
攤位，還有好玩的闖關遊戲。

小圓瞄準了老虎先生的點心鋪，
直直飛奔過去。買了香噴噴的三
明治、剛炸好的薯條和美味的甜
甜圈，津津有味的吃了起來。

最ㄗㄨㄟˋ喜ㄒㄧˇ歡ㄏㄨㄢ手ㄕㄡˇ作ㄗㄨㄛˋ的ㄉㄜ˙小ㄒㄧㄠˇ咩ㄇㄧㄝ，
忍ㄖㄣˇ不ㄅㄨˋ住ㄓㄨˋ去ㄑㄩˋ體ㄊㄧˇ驗ㄧㄢˋ長ㄔㄤˊ頸ㄐㄧㄥˇ鹿ㄌㄨˋ
先ㄒㄧㄢ生ㄕㄥ的ㄉㄜ˙攤ㄊㄢ位ㄨㄟˋ，

這個顏色加一點點那個顏色，
漂亮的彩虹罐就完成了！
「我要做 2 個，一個自己留著，
一個送給妮妮。」

貝ㄅㄟˋ貝ㄅㄟˋ、妮ㄋㄧˊ妮ㄋㄧˊ和ㄏㄢˊ阿ㄚ雄ㄒㄩㄥˊ，決ㄐㄩㄝˊ定ㄉㄧㄥˋ一ㄧ起ㄑㄧˇ挑ㄊㄧㄠˊ戰ㄓㄢˋ
麋ㄇㄧˊ鹿ㄌㄨˋ先ㄒㄧㄢ生ㄕㄥ的ㄉㄜ˙闖ㄔㄨㄤˇ關ㄍㄨㄢ攤ㄊㄢ位ㄨㄟˋ，每ㄇㄟˇ個ㄍㄜˋ遊ㄧㄡˊ戲ㄒㄧˋ都ㄉㄡ
有ㄧㄡˇ豐ㄈㄥ富ㄈㄨˋ的ㄉㄜ˙獎ㄐㄧㄤˇ品ㄆㄧㄣˇ。

貝ㄅㄟˋ貝ㄅㄟˋ挑ㄊㄧㄠˇ戰ㄓㄢˋ套ㄊㄠˋ圈ㄑㄩㄢ圈ㄑㄩㄢ，
有ㄧㄡˇ 5 次ㄘˋ的ㄉㄜ機ㄐㄧ會ㄏㄨㄟˋ。

貝ㄅㄟˋ貝ㄅㄟˋ努ㄋㄨˇ力ㄌㄧˋ套ㄊㄠˋ中ㄓㄨㄥˋ了ㄌㄜ他ㄊㄚ最ㄗㄨㄟˋ想ㄒㄧㄤˇ要ㄧㄠˋ的ㄉㄜ
魚ㄩˊ娃ㄨㄚˊ娃ㄨㄚˊ。

「看ㄎㄢˋ我ㄨㄛˇ的ㄉㄜ˙厲ㄌㄧˋ害ㄏㄞˋ！」妮ㄋㄧˊ妮ㄋㄧˊ也ㄧㄝˇ來ㄌㄞˊ
挑ㄊㄧㄠˇ戰ㄓㄢˋ，套ㄊㄠˋ中ㄓㄨㄥˋ了ㄌㄜ˙ 2 隻ㄓ娃ㄨㄚˊ娃ㄨㄚˊ。
太ㄊㄞˋ厲ㄌㄧˋ害ㄏㄞˋ了ㄌㄜ˙！

阿ㄚ雄ㄒㄩㄥˊ投ㄊㄡˊ中ㄓㄨㄥˋ了ㄌㄜ 3 格ㄍㄜˊ ，可ㄎㄜˇ惜ㄒㄧ沒ㄇㄟˊ有ㄧㄡˇ連ㄌㄧㄢˊ線ㄒㄧㄢˋ。
「阿ㄚ雄ㄒㄩㄥˊ加ㄐㄧㄚ油ㄧㄡˊ啊ㄚ ！ 」

阿ㄚ雄ㄒㄩㄥˊ打ㄉㄚˇ起ㄑㄧˇ精ㄐㄧㄥ神ㄕㄣˊ再ㄗㄞˋ挑ㄊㄧㄠ戰ㄓㄢˋ一ㄧ次ㄘˋ ，
成ㄔㄥˊ功ㄍㄨㄥ連ㄌㄧㄢˊ了ㄌㄜ 2 條ㄊㄧㄠˊ線ㄒㄧㄢˋ ，真ㄓㄣ棒ㄅㄤˋ ！

大ㄉㄚˋ家ㄐㄧㄚ玩ㄨㄢˊ得ㄉㄜ˙正ㄓㄥˋ開ㄎㄞ心ㄒㄧㄣ ， 卻ㄑㄩㄝˋ發ㄈㄚ現ㄒㄧㄢˋ
鼠ㄕㄨˇ鼠ㄕㄨˇ在ㄗㄞˋ旁ㄆㄤˊ邊ㄅㄧㄢ哭ㄎㄨ 。

「我ㄨˇ的ㄉㄜ園ㄩㄢˊ遊ㄧㄡˊ券ㄑㄩㄢˋ不ㄅㄨˋ見ㄐㄧㄢˋ了ㄉㄜ ， 還ㄏㄞˊ有ㄧㄡˇ 30 點ㄉㄧㄢˇ呢ㄋㄜ ， 嗚ㄨ嗚ㄨ嗚ㄨ ── 」

「鼠鼠別哭了，我們來幫忙找找！」

大_{ㄉㄚˋ}家_{ㄐㄧㄚ}分_{ㄈㄣ}開_{ㄎㄞ}行_{ㄒㄧㄥˊ}動_{ㄉㄨㄥˋ}，到_{ㄉㄠˋ}每_{ㄇㄟˇ}個_{ㄍㄜˋ}攤_{ㄊㄢ}位_{ㄨㄟˋ}尋_{ㄒㄩㄣˊ}找_{ㄓㄠˇ}
鼠_{ㄕㄨˇ}鼠_{ㄕㄨˇ}不_{ㄅㄨˊ}見_{ㄐㄧㄢˋ}的_{ㄉㄜ˙}園_{ㄩㄢˊ}遊_{ㄧㄡˊ}券_{ㄑㄩㄢˋ}。

找ㄓㄠˇ來ㄌㄞˊ找ㄓㄠˇ去ㄑㄩˋ，還ㄏㄞˊ是ㄕˋ沒ㄇㄟˊ有ㄧㄡˇ找ㄓㄠˇ到ㄉㄠˋ。

貝ㄅㄟˋ貝ㄅㄟˋ看ㄎㄢˋ了ㄌㄜ˙看ㄎㄢˋ自ㄗˋ己ㄐㄧˇ的ㄉㄜ˙園ㄩㄢˊ遊ㄧㄡˊ券ㄑㄩㄢˋ，
想ㄒㄧㄤˇ到ㄉㄠˋ了ㄌㄜ˙一ㄧˊ個ㄍㄜˋ好ㄏㄠˇ方ㄈㄤ法ㄈㄚˇ！

「找不到沒關係，我的可以分給你！」
「說的沒錯！」其他人也拿出了自己的園遊券。

「嗚×——謝ㄒㄧㄝˋ謝ㄒㄧㄝˋ大ㄉㄚˋ家ㄐㄧㄚ！」

「啊ㄚ！」小ㄒㄧㄠˇ圓ㄩㄢˊ大ㄉㄚˋ叫ㄐㄧㄠˋ。

「又怎麼了？」
「小圓的園遊券也不見了嗎？」
大家驚訝的看向小圓。

「其實是我的園遊券不夠買起司餅乾啦！」

「那我把我的園遊券分給你吧！」貝貝笑著說。

「我這邊也有剩下的園遊券！」
「我們直接請老闆特製超大份的
起司餅乾一起吃吧！」
「也買飲料一起喝吧！」
大家開心的討論著。

還剩下多少點數呢？

大家坐下來，一起吃著餅乾，
好幸福啊！
能跟朋友們在一起，是最棒的了！

數學補給站

臺北市立大學數學系教授　蘇意雯

　　數感的發展是數學教育中相當受到關注的面向。所謂的數感是指對數字及其關係良好的直覺，除了可以將數進行合成和分解，也能靈活的處理日常生活中包含數字和運算情境的相關問題。若能從小就逐步幫助孩童理解數字及其表徵方式，探索數字間的關係和計算方法並與真實世界結合，將有助於數感的培養。

　　錢幣的使用，是小朋友學習加減法相當自然的生活情境，簡單的買賣活動，能夠提高孩童學習數數與位值換算的興趣。當進行錢幣的使用教學時，可以給定一件物品的金額讓小朋友學習付錢，鼓勵多元策略，讓他們嘗試不同的組合方式。以本書為例，家長不妨利用繪本中園遊會的情境，與小朋友討論「如果想玩套圈圈 10 點，可以怎樣使用園遊券？」等等問題。

　　心算能力和習慣的養成，能夠作為日後計算的基礎，我們可以利用心算卡配合遊戲進行基本加減法，也就是不用透過數數就能知道答案。當孩童已經能夠掌握確算後，估算的技巧可以協助計算、驗算與解題，經由估算活動能促使孩童對於數學概念、程序計算和解題三者之間的連結有更深入的理解。例如在這本繪本中，家長可以配合故事的描述，讓小朋友思考：「小圓剩下 10 點，阿雄剩下 10 點，這時候他們想要合買 25 點的起司餅乾，有沒有可能？」等等問題，利用繪本循序漸進布置題目，鼓勵小朋友擺脫紙筆計算的束縛，重新思考數與運算的意義，應用

分解或合成數等方法簡化解題過程，讓孩童對於數字能有更具彈性和直覺的思考。

與孩子的互動問答

★阿雄挑戰了 2 次九宮格，花了多少點？

★大家都拿出 5 點給鼠鼠，鼠鼠總共拿到幾點？

★小圓和阿雄剩下的點數可以買起司餅乾嗎？

★如果有 50 點，你會怎麼使用呢？

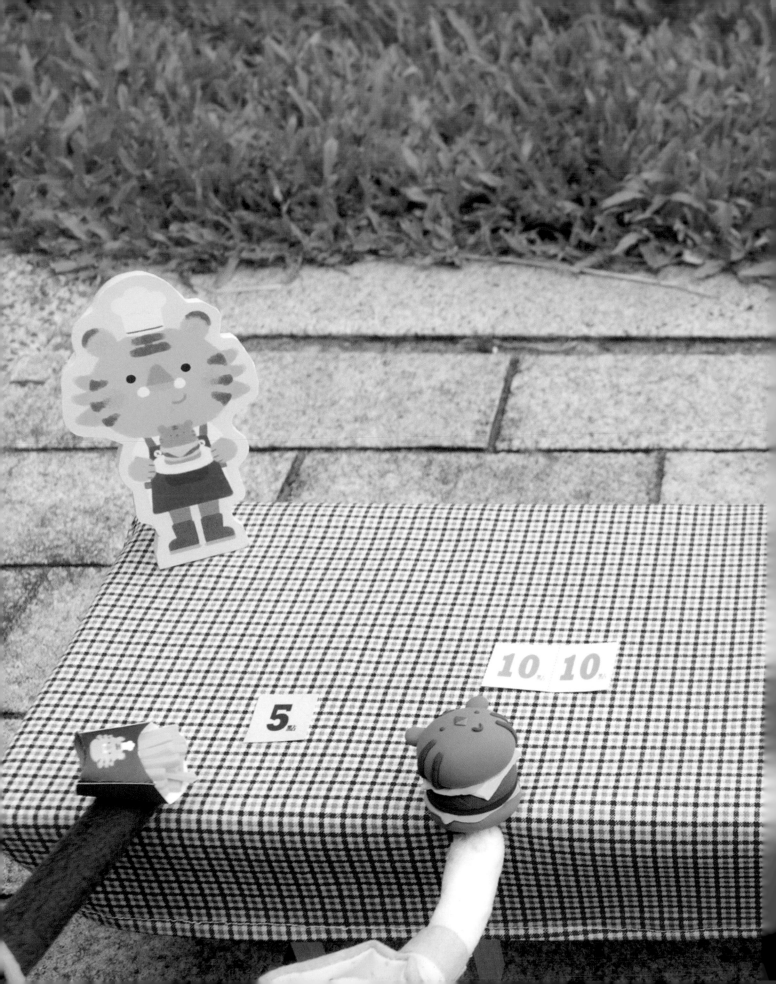